EX-LIBRIS

【智量译文选】

帕斯捷尔纳克诗选
Б. Л. Пастернак Стихотворения

〔俄〕帕斯捷尔纳克 著　智量 译
Борис Леонидович Пастернак

华东师范大学出版社

目 录

译者前言 _ 1

乌云中的孪生子(1913) _ 3

伊甸园 _ 5

林中 _ 7

"我在窗玻璃的昏暗中梦见一片秋光" _ 9

"我长大,如同加倪墨得斯一般" _ 11

"今天人们全都穿上了大衣" _ 13

"我从黎明前的那几个广场上" _ 14

火车站 _ 15

"我的忧伤,像个塞尔维亚女子" _ 17

威尼斯 _ 18

致伊·魏(索孜卡娅) _ 20

双子星座 _ 21

船尾的孪生子 _ 23

奢宴 _ 25

致阿·什(季赫) _ 27

抒情的自由天空 _ 29

"夜晚……喷枪上一束束熟悉的火焰" _ 31

冬 _ 32

"在隔着一片片稀疏花园的地方" _ 34

合唱 _ 35

夜的装饰 _ 37

心和同路人 _ 39

在栅栏上方(1917) _ 41

献诗 _ 43

噩梦 _ 46

"舰载大炮的炮手站立在船舵边" _ 49

"秋天,人们已经和闪电疏远" _ 51

圣诞节前夜 _ 52

"暮色苍茫中好一摊火热的血" _ 54

极地的女裁缝 _ 55

"如同为最后一颗行星管理钱财" _ 58

磨坊 _ 62

MATERIA PRIMA _ 65

"把它背在我身后,我带上黎明" _ 67

预感 _ 68

可是为什么 _ 70

帕格尼尼的小提琴 _ 72

抒情叙事诗 _ 77

"我称您为小姐,人人都学我的样" _ 82

PRO DOMO _ 83

"有时候你,是靠着月亮" _ 84

APPASSIONATA _ 85

庞贝城的最后一天(末日?)_ 87

"窗外是熙熙攘攘的人群,枝头绿叶繁密"_ 89

"难道说只能沿一条条渠道"_ 90

"这都属于我,这都属于我"_ 92

北方的晚霞 _ 93

"矮树林——从一串暴雨中伸出头去"_ 95

告别 _ 96

第九百零九位缪斯 _ 98

马尔堡 _ 100

旋转木马游乐场 _ 105

动物园 _ 109

译者前言

鲍利斯·列奥尼多维奇·帕斯捷尔纳克(1890—1960),苏联时期的俄国著名诗人、小说家。出版诗集《生活,我的姐妹》(1922)、《重生》(1932)、《当我自由自在的时候》(1956—1959)、《一九〇五年》(1925—1926)、《施米特中尉》(1926—1927)等,翻译过莎士比亚、歌德、魏尔伦等世界著名诗人的作品。写过长篇小说。他的小说《日瓦戈医生》曾获诺贝尔文学奖。主要成就是诗歌创作。他的诗想象丰富,含义深长,读来耐人寻味。这里翻译出来呈现给读者的,是从他的诗集中择选出来的一些篇章。

智 量

帕斯捷尔纳克诗选

Б. Л. Пастернак Стихотворения

乌云中的孪生子

(1913)

伊甸园

致恩·阿塞叶夫

诗人们的目光凝注于诗歌,
　　竖琴的迷宫正引他们入迷,
左边流来泥泞的印度河①,
　　幼发拉底河②从右边流逝。

不可思议的伊甸园沉浸
　　于美酒的琥珀色的岁月,
以其空前的存在,光阴
　　正一点点、一滴滴地隐灭。

他们的天使将举翼飞升,
　　对鄙俗的阴影不屑一顾。
大地——草鞋上的一根皮绳,
　　而亚当又将要赤脚上路。

---

① 印度河,在中国、印度和巴基斯坦境内,全长3180公里。
② 幼发拉底河,在土耳其、叙利亚和伊拉克境内,全长3056公里。

而太阳——一场大雪,染白
　　活的遗体上苍白的嘴唇,
他,在日出前每夜都来
　　让整个的世界不得安寝。

你对奇迹应准备好敏感,
　　同样对最初日子的秘闻:
爱情在大地和它的中间
　　将扬起划分界限的烟尘。

1913 年

林　中

我——无名的嘴里吐出的言谈，
像一种声音，许多城市都能把它抓到；
朝向我，好像朝向一堆陈词滥调，
清晨把一缕阳光直送入我的眼帘。

然而，我一边胆怯地把苍蝇踩烂，
一边却在猜测着酒杯中的奥秘：
我是它们无声的国度传出的言谈，
我是它们林中话语给出的赠礼。

哦，乌云催人泪下的隆隆响声，
勇敢的，少年英俊的一棵树干！
你——是个林中迷途的流浪人，
你向永恒诉求——而我为你代言。

哦，黑色的阔叶森林，你是巨人①，
你是田野中孤独的战士！
哦，草地上发出歌声的水分，

---

① 巨人，原文为"歌利亚"，《圣经》传说中的菲利基巨人。后被大卫杀死。

你过着沉默的遭奴役的日子!

剥夺了话语的,一百个头颅的森林,
你,时而默默孤单,时而是个大合唱……
我——无名的嘴里吐出的言谈,
我——许多沉睡的方言的一根栋梁。

1913 年

我在窗玻璃的昏暗中梦见一片秋光，
你消失了，融入边走边吃的人群。
而，仿佛猎获鲜血的鹰隼，从天而降，
一颗心从天而降，落入你的手心，

我记得那场梦吗，我此刻看见这些玻璃
血淋淋地哀泣着，是那种九月的哀泣；
空荡荡的客厅，在这种阴雨天里，
在客人们的言谈中，完全地沦入沉寂。

在那里，日子雪崩般松脆、融化，
圈椅上褪色的丝绸也消融而去，
你，亲爱的，比别人更早地不再说话，
而跟随你，那个梦，也销声匿迹。

于是——醒来。秋天的日子很阴沉，
于是风——属于被掌舵人带走的梦幻。
梦之后，如同散落的麦秸遗留的残痕，
是白桦树那早已落伍的堕落腐烂。

而出发去那远方,远方勒忒河①上的坝堤,
我,一个浪子,凝望着,伤心,伤心,
如同拾起那被抛弃的秸秆,我拾起
满是泥潭的起伏呼啸声的路程。

1913 年

---

① 勒忒河,希腊神话中冥界的一条河,喝一口这条河的水人世的一切事情就全都忘记了,因此又名"忘川"。

我长大,如同加倪墨得斯①一般,
阴雨天气和梦境一直在拖着我走,
一桩桩花费巨大的不幸事件
从土地上稍稍地扶我抬起了头。

我长大,是晚祷时穿的衣裳
一向如婚纱般蒙住我的身体,
一杯杯的美酒,玻璃上悲哀的闪光,
是人们给予我的临别赠礼。

我长大,眼看那苍鹰的拥抱
已使我手臂的热度变得冰凉。
岁月遥远,当爱情,你如同先导,
在我的头顶上漂浮游荡。

疲于等待的上帝,用他的大炮
恐吓凡人的命运,预示灾难,
只有耶稣升天节那一天来到
我的拥抱才能够到达你的身边。

---

① 加倪墨得斯,希腊神话中的特洛伊美少年,被宙斯掳为宠童。转义为斟酒的仆人。

只是为此,我们在天堂里
兴高采烈地额手称庆,
像那绝唱之后的天鹅,你,
也能和苍鹰并肩在天空飞行。

从远处,梦呓在北方的海岸
不停地散乱地挥动着手。
我长大,如同加倪墨得斯一般,
阴雨天和梦境一直在拖着我走。

1913 年

今天人们全都穿上了大衣,
全都在丛林后面摸到了冰凌,
然而他们当中没有人留意
我重又把阴沉的天当美酒痛饮。

马林果的叶子发出银色的闪光,
一片片仰面朝天,反转腰身——
今天的太阳面色阴郁,像你一样,
如今的太阳像你一样——是个北方人。

哦,真开心,当安逸的阔叶树林,
阵阵喧闹——拿醉酒勉强充饥,
当绿化地带和濛濛细雨的笑声
把临别赠予的狂笑珍藏在心底。

你今天要穿上毛皮的女式大衣,
让篱笆门在我们身后发出歌声。
如今无论什么东西都不能代替
我们的一杯郁郁不乐的饮品。

1913 年

我从黎明前的那几个广场上,
那些个轰隆隆的菱形体中站起,
连绵的阴雨对人们寸步不让,
把我的歌声用铅封牢牢封闭。

不要在万里无云的晴空之下
在亲切和蔼的缪斯群中搜寻我,
靠着荒僻的有灵感的北国天涯,
我将能忘掉我自己,得过且过。

哦,那时候——老是陷在长诗的包围中间:
那是些凋零的玫瑰花的鞭毛虫,
以及那些人的秘密——他们秘密地哑口无言,
以及在狂风暴雨升起时升起的种种。

哦,那时候,老是一成不变,
像是我埋怨不止的双唇,
每当我,紧皱着眉头,一天一天
注视着不朽那扇喇叭形的大门。

我朝窗外一瞥,我将让马路
拿我的步态当一个玩具⋯⋯
那时候,一个无名小卒,
我还会有什么可以失去?

1913 年

火车站

火车站,一节烈火烧不烂的车厢,
装有我的别离、相遇和再次的别离,
它久经考验地忠实地把故事来讲,
界限那令人伤心的入口就在这里。

往往——我整个一生——戴上军官腰带,
当后备队才刚刚组建完成;
冒烟的哈尔皮厄斯①便把日期安排,
以此来折磨恋爱者的神经。

往往,她起程时留下的地平线
在她消失后依然烟尘蒙蒙的,
看不见罗马人侧身的脸面
仿佛是——一个非人间的 beau monde②。

---

① 哈尔皮厄斯,希腊神话中的旋风女神,鸟身人首。此处指火车机车上的烟囱。下一节中的"她"应该就是她。
② 法语:上流社会。读为"波孟得"。

往往,当连阴雨和枕木在不停地调度,
西方会蠢蠢欲动,推开它的两旁,
仆仆风尘里,如同一个 mortuum caput①,
车站舒展两翅,凌空翱翔。

当葬礼弥撒的乌云呈现之时,
烟囱全都低垂下他们的火苗,
哦,那时候,是谁呢,若不是个天使?
特快列车抛开大地飞速地奔跑。

而我留下不走,我浑身发烧,
留在空荡荡的首都的一片炎热里,
这时,两条铁轨划出了界线一道
把两个世界明白无误地分离。

1913 年

---

① 拉丁语:死脑袋。是一种黑色蝴蝶的名字。读为"莫它母卡菩"。

我的忧伤,像个塞尔维亚女子,
她所讲的是她家乡的语言。
那么苦涩,她嘴里所唱的歌词,
那张嘴还吻过你丝绸的衣衫。

而我的眼,像个亡命的无赖汉,
一头撞上大地,遭到逼迫。
你的身影飘忽游移,像鳗鱼一般,
而你的眼也随它消失隐没。

而我的一呼一吸——风琴的风箱——
压送出来的是我豪迈的假声;
你那么早地就走出了教堂,
你没把纯正的圣诗唱到末一个音!

我孤独一生中的所作所为
整部圣徒列传也无法完全写过,
但,草原上有我没我都无所谓,
我像株牛蒡,像只吊桶边的野鹤。

1913 年

威尼斯

致阿·勒·什(纪赫)

丁冬的声音惊破我的甜梦,
大清早,来自模糊的窗玻璃上。
停车场耷拉着脑袋,睡眼惺忪,
船桨上垂落下一幅了无人迹的景象。

死寂的吉他拼成个三叉戟形
垂挂着,与蝎子星座相映成趣,
这时,烟气蒸腾的地球还不曾
与海上的地平线彼此相触。

黄道十二宫支配下的地域里
孤单的和弦音很是响亮。
港口解决了自己的迷雾问题,
没有因三尖头信号①而失措惊慌。

---

① 三尖头信号,可能是海港上指示浓雾的信号。

大地不知何时挣脱而飞天，
一座座宫殿排成的条状四面展开。
一座座武库行星般浮出水面，
一座座房舍行星般飞跑起来。

活着而不在一处扎根的秘密，
我在生日那天恰当其时地悟出：
我的眼睛和梦想在浓雾弥漫里
不需我而随意往来，更加自由舒服。

如同怒放的鲜花涌起的波浪，
如同发疯似的鱼篓构成的波浪一般，
不熟悉弹奏的双手突然弹响，
和弦冲进了微微闪亮的阴影里面。

1913 年

致伊·魏(索孜卡娅)

不是要举灯向日使白昼更加明丽,
不是要剥掉大地御寒的衣襟。——
而,恰似大地,过往使我力尽筋疲,
而,恰似白雪,我对岁月唯命是听。

不是你熟识的那个人远在天涯,
我是谁? 不就是一支飞来相会的短箭?
而今——蒙在过冬处懵懂的面罩下——
阔别啊阔别,灰蒙蒙的黑暗。

而今连我也要用一幅岿然不动的厚帘
把冻死的窗门重重地蒙上,密不透气,
睡吧,睡吧,孩子啊,梦中要坚守信念:
我,今天,和你,和昨天——是一个一。

像只灰色胸毛的鸱枭,懒散的辽阔大地
围在毛茸茸阴惨惨的烛光前只想睡觉。
不是要举灯向日使白昼更加明丽,
不是要把大地御寒的衣襟剥掉。

1913 年

双子星座

两颗心和两个伴侣,我们将会冻僵,
我们——同囚一室的孪生兄弟。
天空中心急的宝瓶星座,床榻上的星光,
都是谁的镰刀,要来置我于死地?

周围——另一对恋人忠实地堆在一起,
这堆混乱屏住气守卫着熟睡的女人——
星座的幻影不能撕破你的尸衣——
那揉皱的卡那乌斯粗绸缝制的衣襟。

你长眠的土地——不是那梦境之上
高耸入云的半露在外的残存柱石,
冻僵的那个孪生子①,他和你一样,
一旁守候的卡斯托尔②,你们的痛苦相似。

---

① 孪生子,卡斯托尔和坡露克斯是罗马神话中作为航海保护神的孪生兄弟。
② 同上。

我环顾四周。那个孪生子在梦的后边
把金盏花撒满自己所爱的月光的躯体。
不是同一个夜吗,在他兄弟坡露克斯①上面,
不是同一个夜吗,守夜的卫队寸步不离?

他身下——一片明亮。护膝铠甲清晰地闪光,
而他在缓缓游移,脚踵并不把梦境触动。
但是你所压抑和驱赶的身躯又在何方?
你压抑,你驱赶,你发怒,在高高的天空。

1913 年

---

① 卡斯托尔和坡露克斯是罗马神话中作为航海保护神的孪生兄弟。

船尾的孪生子

如同水草把泥塘遮盖,
眼帘低垂在幻想之上……
有朝一日,我将一去不再来,
像是同路的星星的一个老乡。

活跃的夜间守卫的斯巴达武警,
那强悍的梯队,我们绕开他们,
请把我的言语,我唇上的灰烬,
那时,送去给那个拾来的弃婴。

已到城郊——就在我们身后。
冷……我随同行的星星冷得打颤。
另一些事物在心中拖延羁留,
另一些事物——扩展得像广场一般。

姘妇已经把她的乳房蒙上,
午夜的轮廓弯成一个圆环,
模糊不清的吊车、屋顶、机房
水银般凝滞不动,微微发颤。

那时刻,一片昏暗预示着不祥,
透过阴间的乌烟瘴气,我能看见
一个孪生子他站立在船尾上,
冻得发僵,患有过早的气喘。

1913 年

奢　宴

我饮下晚香玉的苦酒，秋日天庭的苦酒，
其中有你的背离酿出的急切的水流，
我饮下黄昏、夜晚、和熙攘人群的苦酒，
号啕诗行中那粗劣的苦酒我也饮一个够。

醉人的土地之子，不饮酒我们不能忍受，
我们公开宣称，与童年的希望为仇。
沮丧的夜风——如同念诵祝酒词的司酒，
那些话语，恰像我们——从不信守。

流言蜚语不熟悉那些并非寻常的饭餐，
夜晚把剩余的克留霜①贪馋地一饮而尽，
漂泊的诗格②将夜宴美食的残羹剩饭，
清晨，像灰姑娘③的剩饭那样，一一扫清。

---

① 克留霜，一种果酒或果汁的混合饮料。
② 诗格，原文为"抑抑扬格"。
③ 灰姑娘，原文中用了一个法语词的俄语读音。

灰姑娘的举止，她独断的行为，
并没打破伯爵领地上拘礼的美梦，
直到她把水晶玻璃盆中的美味
转化为她晚香玉般芬芳的酥胸。

1913 年

致阿·什(季赫)

> 童贞啊,童贞,你离开我去到哪里?
> ——萨福①

昨天,上帝的那座雕像
孩子把它一脚踢碎。
哭吧你!这场雨为枯枝而降,
它还没吃饱你的眼泪。

他们今天随第一线曙光起床,
昨天如同孩子般沉沉入眠,
新的哀号像一把利剑一样
紧裹住冻僵的腿上的曲线。

鞑靼人还来不及传扬
自己在庭院中的大声呼喊——
他们在熟悉的道路上
把往昔的行程打量一番。

---

① 萨福,古希腊女诗人。这段引文原为古希腊文。

他们将体验的那种雨并不阴冷,
那种肮脏的北国的灰色的雨,
体验那采矿工厂里的矿层,
体验剧院、宝塔、屠宰场、邮局。

他们将在一个巨大的物体身边
体验陌生同道的手留下的痕迹,
"起来,"他们将听到这声呼喊,
"一对对站好,创造财富的奴隶!"

哎,从今往后,他们必须
在雾霭中两两成对地走遍
它整个的阴霾笼罩的领域
以及它全部的边疆界线。

哦,把你套着后天得来的冠冕
又被亲吻割破的脸仰面朝上。
瞧吧,那血迹斑斑的瞬间,
正奔向多么伟大的春光!

而古老波兰的义士侠客,
他奔驰的马蹄已陷入泥污,
安息吧!童贞的武器在它手中握,
伤冻它不会再离你而去。

1913 年

抒情的自由天空

致谢尔盖·波布罗夫①

每当清晨,遭受护栏的围困,
蒙着遮住曙光的防雨盖布,
热气球的小屋和十字形
腾空而起,飞入破晓的天幕。

用圆桶状的信号标为它们送行,
信号标向瞭望台宣告点火飞升,
你手中的烛光这时已经燃尽,
远方借此向蛋白石大地告别一声。

呜咽的中音如琴弦上的轻弹,
扬起的绳索在渐渐变细;
不像是一只巨大圹穴上的盖板,
而像是柏油路面风帆样胀起。

---

① 谢尔盖·波布罗夫(1889—1971),俄罗斯诗人,"抒情诗"文学小组的成员之一。

这个中音——只是苍穹的一块甲板，
纵情歌唱的麻绳铁锚般将它拖住；
只是琴弦般作响的清晨矮地树林上面
模模糊糊、摇曳不定的一个船坞。

当你的那位徘徊游移的天使
感受到缆绳上压迫的力量，
那只三角已经被吊杆几度调治，
不再因弦索的警告而叮当作响。

驯养的金雕将会失去耐心，
它也受不住层层要塞的检疫。
有些人躲在后方平庸地无踪无影——
唯独你欢欣鼓舞，勃然飞起。

　　　　　　　　　　　　1913 年

夜晚……喷枪上一束束熟悉的火焰,
夜晚……一大包旅途道路上的月影,
白昼里你喘息,面对正午的烧碱,
你喘息,面对木柴苍白的灰烬。

白昼并不总是会被人撒上一撮
惺忪的火花,难以忍受的煤炭吧?
夜晚不会总有天然金块火样的闪烁,
总有坐交椅者的毒刺、蜂群的言谈吧?

噢,你真是倒霉,就像那个讨饭人,
拿火热的额头去贴在人行道边!
酒后的鞠躬中,你可曾听见忏悔声?——
"我在夜晚的睡梦里也曾吃过饱饭。"

夜晚——你松弛的裤腰带垂落在地,
难为情的心头苦不再把你纠缠……
白天腰带隐蔽在醉鬼们的亲吻里,
他们的嘴唇紧贴着油罐车的边沿。

1913 年

冬

写给维拉·斯坦涅维奇①

冬天紧紧缠绕住我的躯体，
我把脸颊贴在它这只蜗牛身上；
闹嚷嚷的思绪裹在黑暗这件长袍里，
这黑暗如一片凹地，一片山冈。

这是否是一个贝壳讲述的传说，
或者是一个流言中的温顺的梦，
瓷砖墙里的火苗从小壁炉中挣脱，
不再熊熊燃烧，陷入沉思之中。

我在滚热的脸颊下摸索寻觅
远远抛在客栈之外的脚印。
难道现在，在夜半的穹窿里——
耳朵里不是越来越大的喧闹声？

---

① 维拉·斯坦涅维奇（1890—1967），俄罗斯作家、翻译家，作家尤·安尼西莫夫（1888—1940）之妻。

响起一声叹息,它在发泄忧愁,
"卸马!"只听得一个人用骂声高喊。
一阵哭泣声点滴地在向地窖里渗漏,
马车防滑楔木的摩擦声把它打断。

积雪和尘土天长日久,
已爬上开有窗户的护墙。
墙上从来都一无所有,
只涂过几小杯硫酸盐浆。

一个双胞胎从后门口的泥潭里,
只穿一件破烂不堪的衬衫——
钻出头来,面色苍白,赤身露体,
他在奔向自由,奔向田间。

这——都是些俏皮话,都讨人嫌,
也都眼看活到了头,来日不长,
灰石岩砌成的岗亭里,它们的冬天,
把悄悄话吐向我滚热的面庞。

而关于,是哭泣还是快乐,
喜欢步行者还是不喜欢他们,
大海的预言家在向我唱歌,
用他珍珠母体腔般的嘴唇。

1913 年

在隔着一片片稀疏花园的地方,
在一处荒芜住所的篱笆墙后面,
好似一个涌向四面八方的广场,
一块空旷的土地——呈现在眼前。

地球的纬度不会延伸到这里,
满世界的喧闹声在这里消散,
好似断头台延缓了它的日期,
地平线也一大步退向了深远。

我们是白昼之子,不习惯忍受
西方的这种死亡的期限,
我们长久地在坩埚里头
把日常的、轻易的东方铸炼。

然而你在说什么?听说你在哀叹,
那时,地平线被挤压,游向前方,
好似你胸腔里充沛的广阔空间,
在你所开拓的那条田间小道上。

1913 年

合　唱

写给尤·安尼西莫夫①

我在等,看孩子是否要从密林里,
从白雪大合唱所覆盖的巅峰,
冒冒失失地,一跃而坠地,
跌进一出清唱剧的深渊中。

合唱声一步步提高、扬起,
枝形烛台如层层山丘一般:
开始——一处山谷,接着——广阔的天地,
这一切的后面——望不透的十月天。

右边——枝条的篱障,那上面——密林,
嘎嘎作响的滑轮车——在这一切的后面,
黎明即起,列队前进,歌声
飘入头顶上的云雾之间。

---

① 尤·安尼西莫夫(1888—1940),俄罗斯诗人、翻译家、画家,"抒情诗"文学小组的领导人。

开始——清晨,开始,水波粼粼,
开始——一群喜鹊组成的大网,
后来——烟雾弥漫,如平底船陷入泥泞,
东方矗立而起,器宇轩昂。

起初——枝形烛台尽情地燃烧,
然后——它白白地把自己烧完;
而后——就此点着了千百垛干草,
十月它放肆地纵情狂欢。

然而,歌手将会沉默无声,
当孩子他开始呼唤叫嚷。
冒冒失失地,那合唱的大军
突然间终止,不再歌唱。

哦,难道我自己不也是那样一位,
不也是明明白白地孑然一身?
难道说城市里的那些合唱团队
不也是一些只靠两只脚的唱歌人?

当我回过头去,张望四处,
一座座宫殿让我胡思乱想,
不是我吗,踩着古斯里琴声的音步,
大步地踏在了它们的身上?

1913 年

夜的装饰

当黄昏以它双面凹镜般的幻梦
把商店的橱窗紧紧地蒙上,
我的赛璐璐材料的电话听筒
便把我引入你的匿名之乡。

是的,让那条条走廊中的传闻,
必须是这样,向蜡烛的火光聚集;
是的,必须是这样,让总共三个人
和我们,一同受难——那夜晚的怪癖。

是的,必须让心房以年轻人的勇敢,
如同法厄同①那样向前急奔,
让它像牲口般奔向你的一个个河湾,
从我的半夜三更中安然脱身。

让安放在中央的那些灯盏
和公路上的寂静相互呼应,
让一个个蓄水池般的窗户后面

---

① 法厄同,希腊神话中太阳神之子,私驾太阳车,被太阳车之御马的呼吸烧死。

绅士老爷们像一群军舰般打盹。

让偶像都排成模糊的队形,
排成两行,因为天色已晚,
让广场冲出去,像地平线上的风景,
跟随那群勇士①,冲向海洋。

让金色的羊毛经过梳篦,
一堆堆白花花聚集到浅滩上,
让心如阿丽爱尔②之在天际,
在大洋的滚滚浪涛上哀唱。

哪一天,巨人们燃起的篝火将熄,
而睡梦也在锚地里静静地摇晃,
城镇将轰然坍塌进哪一些海湾里,
在歌声之外,哪儿?何时?——不知何方?

1913 年

---

① 那群勇士,原文为"阿耳戈号船上的勇士"。希腊神话中,在首领伊阿宋的率领下,乘阿耳戈号大船前往科尔基斯寻找金羊毛的那群勇士。
② 阿丽爱尔,莎士比亚剧作《暴风雨》中的精灵。1851 年发现的天王星的一颗卫星也以此命名。

心和同路人

写给伊·阿·维(诺格拉德)

就这样,只有你,我的城,
带着天文台的失眠症状,
带着身为遗失物的城外四郊——
就这样,只有你——我的城,
用一扇扇门户把游廊式商场
往各种争吵不休的霞光里浸泡。

那边:大气中的斑白闪闪发光
在黄昏时灰蓝色的煅烧炉火里,
被抛弃的入口在渐渐变冷。
这边:朝向余晖未尽的远方,
人们要求进入一个出口的往昔,
他们正推搡着挤向中午时分。

就这样,仿佛通过透明的望远镜,
月光下的一双毒眼把人看扁,
星象家在那里认出了一个孪生子,
一扇门和一扇门相互在挑毛病,
一个个金黄色和天蓝色的絮团

纷纷迷了路,销声匿迹,四散走失。

那边,一个个阳台向波涛倾倒,
而一件古老的家具却高插入云,
好像是一件上帝所穿的神衣,
致命的划动令人丧失头脑,
心脏都已经失去防卫的本领,
于是同路人显出他们的威力。

就这样,仅仅是对你,古怪的家伙,
莫名其妙来到了远日点上的人,
是你让朝霞和暴风雪结为伙伴,
一支歌中有两种声音,我们要说:
"我们俩,我们——一颗心和一个同路人,
将会分成两半,各不相干。"

1913 年

在栅栏上方

(1917)

献　诗

To the soul in my soul that rejoices
For the song that is over my song.
　　　　　　　　　　Swinburne①

你身上写满密密麻麻的粒粒雪霰，
庭院啊——你好似一纸流放的判文，
判处不给饭食，不给饮水，不许睡眠，
判处后脑勺让鼓声震得发疼！

庭院啊，你铺满纷纷撒下的落叶片片，
带着从低矮的冷却水塔中流出的盐，
轮毂和滑木黑黑的接缝处隐隐可见，
十月的冻僵的脓疮已被人抠烂。

用苍天那只衰老的手上的指甲，
用十月的衰老的手指甲，还要
用他的手指甲，他清晨来到灯下，

---

① 英语：献给我心灵中的那颗心灵，它爱听那支比我的歌更美的歌。——斯文伯恩
　斯文伯恩(1837—1909)，英国诗人。

披着披肩咳嗽,借灯火煎汤熬药。

庭院,这股旋风,像严寒中的马车夫,
浑身是雪,咬住不放的雪直抹眉间,
而它却成长得更高大,它已经胜出
四郊和那些工厂厂房所遭遇的凶年。

旋风,像个马车夫,被团团围住;像它一般,
被大雪直埋到咽喉,也是像个马车夫,
被捉住,被捆牢,被烈日晒干,晒瞎了眼,
又被抬向乌云,像个马车夫,被死死捆住。

庭院,这股旋风因它而和我成了亲戚,
它从自己周围的地方,飞一般奔跑,
像一张告示般贴上一面墙壁:
人们,在那里他们喜爱并把工作寻找!

人们! 在那里对我的女贵人大为愤懑。
人们! 在那里我弯下了我的两只膝盖。
人们,在那里,仿佛从极地的大海之滨,
整夜不停地离开神的启示,急驰而来。

他们坚强地面对黑暗——如熊熊烈火在喷,
他们坚强地面对严寒——如根根射出的木棍!
他们歌声中的严寒比我歌声中的严寒更冷,
他们的迷茫比神的启示更加模糊不清!

冬天像个巴恩哈①,从条条大街走过,
征收火炉和房间摆设和皮大衣,
您可要知道——炉火在那里遭受冬天的枷锁,
在诗人那里,在他们贫穷的汗国②里。

用件皮衣裹住身子,避开诗行中的风雪;
而避开长诗中的黑夜——点一支蜡烛。
斟上满满一大杯——当灵魂灌饱酒液
匆忙中喝一杯醒酒药也很舒服。

没有搁延,也没有一点儿含糊,
而是发自内心深处,用挂号邮件,
把美酒、皮衣、灯具和住屋
全都送往那里,送交管理贫困的官员。

1916 年

---

① 巴恩哈,13—14 世纪蒙古汗王派驻俄罗斯征服地的督察官。
② 汗国,突厥族和蒙古族的一种军事和行政实体名称。

噩　梦

你听那暴风雪,它正透过各种牙床慢吞吞涌近,
你听那干燥少雪的日子里积雪席卷而过的沙沙声。
雪团没撞到什么就裂得粉碎——而积雪成行,
像一根巨大的铁链一般,在雪原上四处奔忙。
它们奔走着,像犬牙交错的田地,像火车一样,
穿过临床分娩的树林那一个个黑色的牙床,
穿过一座座栅栏篱笆的牙床,密林深沟的牙床。

穿过屋顶的木板,穿过森林,穿过一个个古怪稀罕、
难以忍受的牙床,它们都是圣洁的守斋人梦中所见。
他看见:下颌上脱落下一个个牙齿,
城堡在含混地说话,而庄园在私语喃喃,
一切全都被打翻在地,没有一件完整的东西!
而守斋人感到恶心,他听到尸骨碰撞声喧。

从试验装置上的轮齿上,舰队的三叉戟叉头上,
从喀尔巴阡山起伏峰峦的一个个红色缺口上,
他想要移开他的身体——而他却无法苏醒,
他无法苏醒,沉睡于上了门闩的梦境——
可眼睛还能看见。如同菜园主人的肥料大粪,

人家今天已经把整个的大陆夷平。

他不相信,会浮现出一轮燃烧着的月亮,
浮现在言语不清的远方的后面,在一片废墟间,
在老迈衰朽的下颌后面,在豪华卧室的后面,
在一根疯狂的草茎上,那声音嘶哑的草茎上,
在那根草茎上,那疲惫不堪的冬天的草茎上面。

不啊,像只苍白、浮肿、虚胖的大番瓜,
他,跌进身旁的车辙,从草茎上垮下
被一场大战撕落,因为激怒而大战一场,
像只皮球般滚入一条水沟,从斜坡上——
穿过森林的牙床,穿过黑幽幽的栅栏的牙床,
穿过缺口斑斑的深沟密林的一个个牙床。

你要走过大地,走过一座疯子的瓜园中,
这里料理着瓜园的是一阵阵飓风。
这里没有参赛者的手想要躲开的苗畦。
一些残疾人像九柱戏的木棍般翻滚不已,
滚进棺材、滚上担架、滚上天、滚进雪地?
如同天空散乱的星星,在雪地上四散逃奔。
他怎么敢于在天空大胆地游玩呢,这个人?

你听,暴风雪像从沙砾中挤出的一样,
穿过缺雪的森林那些衰朽的牙床,
它已裂为碎片,什么也没撞上,
雪堆如同黑色的缝隙,在雪地上狂奔,

如一列火车般狂奔,威风凛凛地狂奔,
穿过房顶的木板、森林、血淋淋的牙床
……
于是圣洁的守斋人在做梦,在做梦——
……

1914 年

舰载大炮的炮手站立在船舵边,
而大地灌进来哀伤,越过船舷,
在亿万大气压的压力下,野性勃现,
把所有的大炮都带上,冲向深渊。

任炮手的后备军士官生,朴实而谦虚,
他看不见那些充满危险的条条山脊,
他听不到船长桥楼上发来的话语,
虽然他这天夜晚还是在信奉上帝;

他也不知道,夜晚正在森林、湖泊、
那些教区和学校的边沿上颤栗,
眼看那些随意连接在一起的胡说
就要从讲坛上向空中随风抛掷:
活着①,如同干枯的榴弹炮发出的声音——
眼看那声音就会消失得干干净净,

而大地忍受过太阳的照管以后,
它便开始来要把太阳照管,
它绕着日本大炮旋转,从这晚开头,
他,后备军的士官生,要执掌螺杆。

---

① 活着,这里原文是一个古希腊文单词。

云朵不怕在禁闭室中受困，
它们祈祷着要把大炮拆毁，
而宇宙将要因头晕而呻吟，
她已被匆忙安顿在大肆繁衍的人头堆，
她生平第一次感觉到人的潮气，
这些活着的人，在她看来，都了无声息。

         1914 年

秋天,人们已经和闪电疏远,
瞎眼的雨水不停地流呀流。
秋天,列车上乘客已经满员——
请让我走过!——一切都留在身后。
……

1914 年

圣诞节前夜

一切都罩在白色小十字架下——所有的门和窗,
如同巴托罗缪之夜①那样。暴风雪是个阴谋家。
快把窗户都用纸糊上,把门都用纸糊上,
童年在那里,像株圣诞树,高高竖起,非常挺拔。

树叶落尽的林荫道,密谋串通,大声怒号。
慷慨激昂、威风严厉、星光全无、令人畏惧。
全都到集合的地方去,到城市去! 还要去市郊!
如同腰间挂几盏灯火,隐隐约约的团团飞絮。

如同腰间挂几盏灯火。威风严厉、慷慨激昂,
星光全无又令人畏惧。一阵大风铺天盖地,
它将向粗俗的巡游者们说明,在某些地方:——
"树枝啊,我认识你们! 过路人,我认识你!"

挥动一盏小灯:"享受舒适生活的囚徒们,
我认识你们!"——在大门上,用白粉,画十字架,

---

① 巴托罗缪之夜,公元 1572 年 8 月 24 日的前夜,巴黎的天主教徒对新教徒实施大屠杀的夜晚。史称"巴托罗缪之夜"。

挨家挨户。好像是一种结了冰的音乐声
在尖声喊叫:"我认识你们!出租马车的吱吱嘎嘎!"

让你们结成一个阵营,让你们全都起身站立,
让你们白茫茫一片结队飞上天去——没啥了不起!
子子孙孙节日前夕朝祖祖辈辈的先人们走去!
夜——巴托罗缪之夜啊!走出城去!走出城去!

1914 年

暮色苍茫中好一摊火热的血,
台灯上扣着浅蓝色小尖帽子一顶。
我感觉快乐,有爱抚,有对幽默的理解,
请相信,即使他是杨树上吊着的绞刑犯人;

多么火热呀,如果说是六神无主,
离开那儿,夜里,迎风走出科罗维娜家①,
你向严寒讨一个高谈阔论的答复,
是什么把暮色中的热血向外喷洒,

当那只浅蓝色灯罩正悬在台灯上面
一条条人行道上迷雾如水银般泻地,
像是一处扣着个小尖帽子的源泉……
暮色苍茫中好一摊火热的血迹!

1914 年

---

① 科罗维娜家,莫斯科特维尔大街上的第九幢房子。1914—1915 年间,歌唱家兹·穆·马莫诺娃在此居住,她家经常有青年演员的聚会。

极地的女裁缝

(1)

她穿的白鞋原该属于一个小姑娘,
而这时鲸鱼触须上已是十一月天气,
她把所有的衣服全都穿在身上,
她已经再没有什么可以蔽体。

她并不顾及人们说她像个稻草人——
说她是一个男性的傻瓜蛋,
她把暴风雪一次次烫平,再把它们
全都载入自己扁平的心坎。

我爱着,因为我爱人虽是穿着衣服,
我看见的爱人却是一丝不挂,
而由于这些幻梦大白天我遭到报复,
人们和我握手时不把手套摘下。

大概,还有许多的少年人也会做梦,
梦见在那些孤独生活中的女缝衣工匠,
梦见裹着披肩的弃婴,梦见她手下的徒工,

梦见夜晚的硬纸板上那些家族的纹章。

(2)

而甚至是在裁缝铺内,
那里,在白衬布下面
芙蓉鸟在黄昏身上磨它的尖嘴,
而甚至是在裁缝铺里——每个人都在打探
墙上的那个测量情感的设备。

离别在他身上引起的狂暴
把指针引到第七根横梁下,
这数字比恋人更加拖长声音在吼叫,
心中有两个生命和一个夜晚!
而甚至是在裁缝铺里,
那儿越过走廊
为了不付工钱来一首匈牙利的狂想曲,
而甚至是在裁缝铺里,
一颗心,一颗心啊,
墙上那位神经衰弱者从脸上能认出我们。

狂怒会走得那么遥远吗,
殿下你会一个劲儿地死心眼吗——
你瞧,极地的女裁缝
正在打手势跟你把情话谈呀。

目光被天空诱人的蔚蓝引开,
玻璃上流淌着虚伪的光线,
你瞧,在跟你打手势谈情说爱呢……
走得那么地遥远。

1915 年

如同为最后一颗行星管理钱财,
我该去哪本书里找个主意,诸位市民,
诗人让他的心灵对什么见怪不怪,
爱情的意蕴,人的意蕴,春天的意蕴?

有一回我瞥了一眼,是不由自主,
我自己那尚未枯萎的财产清单——
而你——你生病了,病在长有无数个颧骨,
而你——独自一人,独自陷于它们黑色的麻瘿!

幸福的人儿啊,我要对姑娘说起。
不定什么时候,从开天辟地开始,
生平第一次,他们把身体投入水里,
像只驳船,任随岁月支配,缆索驱使。

不幸的人儿啊,我要对你说起,
你这个有过种种难以忘怀的遭遇的妻,
你是不幸的,因为,我由此更加爱你,
而我的爱是我的一种热切的希冀!

或许,还来得及,
你别去,别去。
或许,还来得及,
别去!

要知道,他将会去追逐,
这些喇叭的吼叫声,
这些喋喋不休的怨诉,
从清晨直到黄昏。

为什么我的心
感到如此地憋闷,
而隔壁住的人
如此地不负责任!

或许,从那边往这边搬家
还要拖带上全部的衣服鞋袜,
她忘记从那边的铁钉上取下——
啊,如果只是一件外套也罢!

但是没有任何如果,油灯在散发烟气,
它高悬着,下面是地毯红色的正方形,
而,没有任何如果,磁体,磁体——
她的与生俱来的烙印。

你以为,我是在亵渎神明?
啊,我没有,没有,请你相信!
然而,我吞下整整一盎司,如同毒品,
那个通向往事的大门。

放我进去吧,我已到达那边,或者

我由于迟到,将会因此发疯,
如同鸟儿陷落于冰面,我灵魂中保藏着
嫉妒的痛苦所产生的氯化汞。

咯,显然是,在纸张的迷雾里面,
诗行如梦境般把这个夜晚度过!
然而整夜里我的思绪,如同苍松之巅——
朝向霞光——沐浴着你的第一点灯火。

早先,全然出于轻率,糊里糊涂
我把许多亲吻盖满你的双膝。
然而,从我身上像翅膀样长出许多羞辱,
那就让我的翅膀也能稍稍接触到你!

你应该曾经听见,像歌声从骸骨中唱出,
那声顽固保守的呼喊:"等等,你别忙!"
假如你能知道,我们将会有这样的痛苦,
过后,三个人一起,在这个狭窄的高处生长?

一只小小的、小小的野兽,
是那些大的野兽们所生,
你要查验一下,你面前,你身后,
那些门上的锁,要查验所有的门!

时钟早已在滴答地走动,
它并没有把你等待,
而在属于美的原始密林中,

有人在呼号着:"再来,再来"……

……

你要在那上面留一个亲吻,
作为一种尺码,它将无处不在,
英雄,庸人?
你慷慨,我也慷慨。

当钱罐里已经空了一半,
她的双唇多么善于言谈!
锯屑的声音马上更为响亮,
钱罐里的铜币便满到了顶上。

然而,人类的理财者,诗人,
他在为烦心的数字费神,而他高兴,
譬如,为了过去的人们的悲剧、王国
和种种妄想的意义而把心神消磨。

1915 年

磨　坊

刚刚刨开了宁静,在它的上方,
在永生不灭的犬吠声的头顶,
七千颗星星为亡灵祈求安详,
如苍白的烛火之唇,把天空照明。

如双唇在喃喃低语,如双手发僵,
如朦胧不清的叹息,如衰老者的骸骨,
而谁又知道,而谁又能详细地讲,
在他们的往昔里,有什么事情显露?

而在星星束缚下,谁有勇气,谁有胆量,
哪怕是去把磨子上的木销拔除,
要知道,甚至是磨坊,甚至是磨坊!——
也都在月光的忏悔下僵硬麻木。

风儿被磨坊拨开在两旁,
又没有新来的风出现,
而磨坊,如同天上的朵朵星光,
借走了所有光线,从人间。

而金龟子甲虫翅膀尖
的扇动——和那一颗颗发晕的头颅,
因尘埃而发晕,那尘埃令人晕眩,
也因为篝火堆上木柴的火光在跳舞。

当它们全都发了狂,母鸡和刨花,
炊烟像扁担,尘土像巨大的立柱一样,
雨点儿如同小铜钱,一团团落下,
落得非常猛烈,只是偶然间——闪烁银光——

那时磨坊的阴影向大地满满撒去,
它们的思绪在旋转,如同磨盘,
这思绪非常巨大,像是天才们的思绪,
而且非常沉重,如同他们的言谈;

而,恰像这些走来接近他们的人,他们
巨大的他们,紧紧地接近着那巨大的双眼,
被烧成枯干的眼,像一朵朵哭泣的乌云,
又像那一个个寻常的墓穴一般。

被邀请的人远在天边,头脑因此而疲倦,
疲倦的头脑构成一个个惊涛骇浪,
他们借以把雷电交加的巨大物件
和缓缓移动的悬崖般的乌云磨成灰浆。

于是他们把一个个王国磨成灰浆,咽进肚里,
于是云朵扬起灰尘,惊恐不安——
而在这样的夜晚,天下再没有一片世袭的领地
在他们无家可归的眼睛中是伟大无边。

1915 年

MATERIA PRIMA①

把陌生人的血全都搀和进
自己的身上,这被吓聋了的诗人——
窗户朝向索菲亚②沿岸的街景,
全部的奥秘不是全都在这里保存?

窗户朝向索菲亚沿岸的街景,
然而却只唱歌歌颂一条小河,
你的血管里的血球,扎得人手疼,
全都涌向着那一条河,
如同一群大老鼠在马槽里把水喝。

激动给你的礼物就是失言。
说来说去一个字:河,
你打开的不是一扇通风小窗呀,
你打开的是一只老鼠夹,
几只老鼠样的嘴脸忽地溜向了河边,
它们扛着的鼠夹上褐家鼠不止一个。

---

① 拉丁语:初始的材料。
② 索菲亚,保加利亚首都。

我的多少个贪婪的心肝宝贝儿,在云朵和污水
的鲜血中浸泡,在他们单调无聊的人生,
在这种时刻,都会爬回家去,这些后来加入的人,
嗅出了歌曲的食物,化解了的奥秘的食物的滋味!

而当我因为疼痛,手舞足蹈,
或者在为您的健康而举杯畅饮,
总是一个样:地窖里的呼啸声响个不停,
胡子潮湿的鲜血天生会发出呼啸。

1914 年

把它背在我身后,我带上黎明,
再提上满满一筐穿脏的衣服,
我睡眼惺忪地走向河边,走出家门——
河的两岸这时正在向我招租。

朝雾迷茫中,洗衣的手开始肿胀,
结冰的窗玻璃染成蓝色,再像火样燃烧,
好像在啃一只小袜子,猫儿的嘴在灶台上,
竭尽全力把一只绒布耗子啃咬。

而从猫嘴撕碎的破布片里,如黑雨阵阵,
成熟的鲜血点点滴滴地往地板上流,
猫儿的牙齿紧紧咬住痛苦的早晨,
而那个早晨还剩一小团——在大橱背后。

但是,这只小而又小的袜子,要知道,
是由黎明前全部天象的交接点织成!
哎,我晓得,什么东西会从夜晚里向外冒,
如果你把其余全部的云朵垃圾挤干榨尽。

1914 年

预　感

心头的郁闷把石块冲刷，
橇下的雪团在哭泣呜咽，
褪色的白霜已潮湿腐化，
空空的树洞里注满落雪。

沙沙沙沙①，融雪天，"荷路荷路"的叫声
天窗把光线一点点丢得精光，
厨娘好像是一只山上的鹌鹑，
城镇光秃秃，像只松鸡一样。

如同雪橇都爬到了一起
又再向四面八方爬开去，
这是在一片茫茫大雾里，
朝着山鸡毛般的迷雾爬去。

---

① 沙沙沙沙，写疾风吹过雪地的声音。

是的,它们就想要如此,
想要仿效云层,就好像
它们松开了的身子,
黑黑的一堆——把天空遮上。

1915 年

可是为什么

可是为什么
踩着缓慢的火光,一个个预感
把冬天逐渐送过?
　　又是为什么
如同在穷乡僻壤的春天,
我全身虚弱瘫软?
　　又是为什么,
如同雪花落在锅炉房的水箱边,
我心神涣散?
　　又是为什么
夜晚潮湿闷热,如同烧锅炉的房间,
水气四散?
　　而云朵
　　像我夜间的头脑,自由而辽阔,
　　随风飘过,
这时没有人从异乡呼喊它们,
而我的头发丝
竖起直冲云霄。
不啊,不!你的辫子
会撞在石头上,运气不好!

但愿此时此刻
这颗头脑,涂满焦油,像只小酒桶一样,
而没有一叶风帆!
浪花滚翻。
而此时此刻,
而此时此刻——让我聚精会神想一想——
逐渐——
放开手!——逐渐。

不,再一次
融雪天里老大娘带着赃物悄悄来到,
而再一次
城市在含混不清的围困中起床,
而再一次
沿着洗净的眼窝的周遭
宝藏在消失,而苍穹
在漂游,带着朵朵浮云和一个个圆顶——
一个个圆顶。

1915 年

帕格尼尼①的小提琴

（1）

亲爱的,结果怎么样?
——你等等。要有耐心。

他已经逃上了窗与门之间的墙,
他显得黑乎乎的,他死掉了——
他更浓了——茶叶用了一大箱,
全都从茶壶里往外倒了。

他在狭窄的屋檐上留停,
他是用一块玛瑙磨成,
他用某种方块形的激情
凝聚而成的东西来糊弄人。

他清清楚楚,像陶器上了黑釉,
他是用松香和闪电凑合而成,
他的呼吸像只小台子在颤抖,

---

① 帕格尼尼(1782—1840),意大利小提琴家和作曲家。

也像枝状灯架上的热气逼人。

够啦。黑暗开始哭一场,
窗玻璃的角上也哭了几声……
有个小矮人儿,装模作样——
请把椅子摆好,诸位先生①。

(2)

房子是用比无烟煤更无烟煤的方砖砌出,
花园是用比青铜更青铜的马赛克铺成,
而天空好像被火燎过一般,比哨子声更粗,
而空气发出的颤抖,胜过突然传来的喊叫声。

比大灰兔耳朵听到的沉闷的海洋唱出的《你听》
更加若断若续的心声,埋藏在这颗心间,
而突然间出乎意料降临的爱情,
比闷热天气,比情愁,来得更加突然。

(3)

我要对你吹一口气,我腹中的诗稿,
那你就会站起来,像一张印第安人的皮,
可是你在盼望什么,是不是一支歌谣?
为什么我永生永世不能和你分离?

我,从来都按照自己和奴隶与起义的人,

---

① 诸位先生,原文是法文。

就是和你们的相似之处来写诗作文，
落日余晖在你们身后拖长身影，
作为给你们的临别赠言和墓志铭。

然而无论何处我都不会用阳光的欢庆
向你们致敬，你们在世上将不会迎接
白昼，而白昼也不会迎接你们，
我在遗产里留给你们的只是黑夜。

（4）

我爱你，你被油烟熏得乌黑，
意外的燃烧，行板和柔板①
的乐曲燃烧后的留下的余灰，
你额头上还留有叙事曲白色的灰斑，

你平凡的心灵上，由于乐音，
生一层粗糙的皮，我远离他们，
那无能的人群，我就像在爱一个人，
一个在矿井下度日的掘矿女人。

（5）

她
曾被铁铧纵横交错地翻犁，
遇到爱情时毫无波涛涟漪，
这一片，就是这一片无雪的大气，

---

① 行板和柔板，两个音乐速度术语，行板每分钟66拍，柔板每分钟56拍。

这一个,就是这一个——捕捉它,伸出手去?

远方的天空把冰封的年月
　　向前延伸扩展,
我在捕捉大气,光秃秃的手去一捏,
　　像捉只斑鸠一般,

跟在一件女人棉斗篷身后
　　只听见——打倒,打倒!
如今我感到天空不够,
　　我怎能呼吸烧成灰的野草!
哎呀,每个日子都和孤独寂灭
　　短兵相接地打肉搏战,
我在捕捉大气,光秃秃的手去一捏,
　　像捉只斑鸠一般。

(6)

他

我在爱,把爱当作呼吸,而我知道:
有两个灵魂出现在我的身体之中。
而爱情那种灵魂它别有奥妙,
两个待在一起会觉得拥挤,不能相容;

从你我渴求得到一种援助,
没有你我不知路在何处,
我欣然把两个灵魂都向你交出,
你只能让其中一个受你庇护。

啊，别发笑，你知道哪一个为先，
啊，别发笑，你知道我心中的路，
我冒着失去老的一个的危险，
如果我不把新的一个的嘴巴捂住。

1915 年

抒情叙事诗

往往是，心如快马加鞭的信使一般
飞奔急驰，并且，恰恰好比
摩尔斯电码的断断续续、续续断断，
你在镜子里的面容万分焦急。

诗人，或者仅仅是个代言传话筒，
仅仅是个诗人，或者是个宫廷宣令官，
在你的胸中——马蹄声急急匆匆，
还有期限紧迫的烽火和夜邮急件。

是谁今天喜欢说说笑话？
是谁应该对谁怜悯惋惜？
路途的泥泞从头巾上往下撒，
马鞭子粘满了倾盆大雨。

风被严实地关门阻挡，
它在不停地敲橡皮图章，
好像在打厚颜无耻的耳光，

迷迷糊糊,如马儿脱缰。

沙石扑打在脸上火一般疼,
他们来自遭人羞辱的道路,
这些路未能及时得到回敬,
没有冲洗干净,没有压实加固。

牢牢咬住的马嚼子叮叮作响,
鞍鞯已经在夜间滑下,
马儿挨了一记耳光,晕头转向,
是骑者用柴棍把它抽打。

眼前什么也看不见,林荫道旁
靴子样的蜂巢翘上天,
黑压压一片。奴仆手上——
一盏灯。眼前漆黑一团。

像白色泡沫,阳台柱形栏杆泛白影。
看门人的火把,像个理发师傅。
他把花园里的草坪除清,
他把人们都清除:一直除到大门前,挨家挨户。

我理应见到伯爵大人!
后来,一篇抒情叙事诗——低沉的枪炮声,
后来,夜晚不喘一口气,

从年轻时便如此,心慌意乱头发昏,
后来,终于——抒情叙事诗,叙事诗抒情。
接二连三的工厂都在造钱币。

我理应见到他——从钢铁的滑道上
像家族纹章样沿马车外壳流淌
暴雨铸造出许多杜卡托①,用的是泥浆,
还把戈比②满撒在青铜铸就的院落上。

我理应见到他——过后,自然而然地更替,
伯爵领地上空,九月的番红花颜色褪败,
白杨树叶子,如同用采欣③所含的锌铸造的钱币,
铺满公园,如同更换了售货的柜台。

悉悉沙沙声,伴随着致命的欺骗。
垂落时——像小米穗一样迎风飒飒,
而远方——是许多池塘,更远——
寂静像一条蛇,在解体腐化,

同样地,柴禾堆也在作响,吱吱呜呜,
而仿佛透过梦境,并不当真,
牧歌般五光十色的白杨树
垂落时,向下耷拉着脑袋。

---

① 杜卡托,意大利古代银币,西欧很多国家曾经使用过。
② 戈比——俄国钱币。这一行和上一行两行诗句原文用的是斜体。
③ 采欣——威尼斯金币,13—19世纪流行于意大利、近东和北非等地。

够了,我理应见到伯爵大人。
我像灾难般在电报线路上飞奔,
远处一片片闪电的反光,咕咕有声,
在一口口大锅中,在起伏森林的枪眼后藏身。

死一般的寂静,远方的云
把乱纷纷的熊熊烈焰
从黑色的大锅中,一边喘息不停,
神志不清,慢腾腾一口口吞咽。

看门人的脸上没有了红晕,
有暗号在来访者的话语里藏埋,
那张脸低垂下去,客人仍很谨慎,
但眼睛对眼睛嘶哑地说:"睁开!"

……

一个奴仆俯身在神圣的窗户上,
脆弱的寂静纷纷坠落,离开高空。
鼹鼠和耀眼的星星分享蜗居的小房,
它们半夜三更还在悄悄地打洞。

……

露珠儿用一个寒颤把山岗变得迷蒙,
窗帘后面的脚步声突然沉寂,
那时,刺入风琴昏昏欲睡的松木管中——
全然是绝望——是一只红隼的哀泣。

……

1916 年

我称您为小姐,人人都学我的样;
对我来说,这声称呼是家常便饭,
就好像动动手就把手铐给人戴上,
就好像喊一声:"我要把您逮捕归案。"

所有的狱卒看守都很容易找到我们,
根据一个非常简单的特征:
从今以后世界上便有了一个女人,
而这个世界上也留有她的身影。

有几张对茫茫迷雾已经习惯的脸,
每一次当你从下往上向他们张望,
而仅仅只有一条大动脉血管
能给他们撒上忽冷忽热的光亮。

1914 年

PRO DOMO①

突然飞来一个身影。在油叽叽的蜡烛头
的重压下抖动不停。从苍白的嘴唇上
跑开去,从一张白纸上飞奔而走,
奔进两扇涂满白粉的敞开的潮湿的窗。

那时,当一位作家——仅仅是一种估算,
一种模糊的热情产生的模糊猜想,
不是正冲着闷热的夜那双耳朵在对它高喊:
"这——杀人的时间! 他们在等我,在某个地方!"

在一个身影尖尖地伸出花园的时间,
醉醺醺,像辽阔空间,顶呱呱,像骏马奔腾
的草原——整个的我——在篝火边
靠纵行排列的激动的诗句生存。

1914 年

---

① 拉丁文:保卫自我。

有时候你,是靠着月亮
那瞬间的闪耀去胜过别人,
和密林与田野的烈火一样,
当片片国土变得草木不生;

你要向未来呼气,拽住它不要放过,
去把它点燃——它将用你灵魂的舌尖
舔遍自己的全身,如同一场野火
用急速的流体,把整个草原舔遍。

从你命运的最初开场
直到你进入你的棺木,
岁月,仿佛是一群羚羊,
惊惶中踩踏着草原,离你而去。

1915 年

APPASSIONATA①

从暑热中缓缓流出了一只只豆荚,
从豆荚中暑热又缓缓向外倾流,
夜晚飘逸而去,好似连根向外拔,
从乌云丛中连根拔出了一只大球。

被闷热的空气剥去了外皮,
蛇一般咯咯作响,一条大帆船,
而今天我觉得,好像死亡在即,
在那个是我人生天堂的夜晚。

我不记得,我是否第一人,
或者您才是那第一个——
她周身的神经发出击鼓声,
那神经似一张绳索的网罗。

许多巨大的伤痕全都绷得很紧,
由于炎热,她脏兮兮,赤条条,
只有孤零零一个,因为她很吃惊,

---

① 意大利语:热情的女人。

孤零零一个她所画下的惊叹符号。

在生活中他已经输得一无所有，
在天空灰色无水的撒哈拉沙漠，
他漂呀漂，拖延着向下方漂流，
而口中还在把比重的事情放歌。

1915 年

庞贝城的最后一天(末日?)

森林脑溢血,在傍晚时候,
同时发生的还有心绞痛——
出现一个血红色的大球,
它冒出烟来,越冒越浓。

于是白昼便彻底地坍塌,
而马上也彻底坍塌的还有
酒客满座的非法卖酒的店家,
它是那些不走正路的社会末流

选中的处所,它艰难地前仆后继。
在那里,星星在海水中的浮力
和大海在它全景中的浮力
得以勉强地维持它们的生计。

在那里,好似酒精饮料一般,
沼泽地的湿气水雾蒸腾,
露珠儿被搀和进炎热的火焰,
露珠的清醇靠水雾勉强支撑。

那个黄昏,恰似瘫痪了一般,
凝滞不变。恰似描述死亡的诗篇,
它们如今已经少见。灾祸近在眼前,
这些灾祸已决心要一一应验。

上这儿来吧!来把你的脸
贴在落日的脸上,别胆怯!
马上,庞贝城的最后一天
就要走向它的终结。

1915 年

窗外是熙熙攘攘的人群,枝头绿叶繁密,
垂落的天空被抛弃在路旁,无人过问。
一声呼叫:"关门!"——人们乱踩着草地,
眼前的一切已遭剥夺,遭毁灭,遭蹂躏。

腐朽的天庭散发的臭味愈来愈浓,
这是松林和草皮和木板和杨树的臭味,
捣碎的烂草四处流撒,燃烧得火势熊熊,
它们的筋脉都已经断裂、纠结、破碎。

从阳台窗玻璃上,如同从浴女的双肩
和粉腿上,散发出了阵阵凉爽的水汽,
朦胧昏暗的水花向下流淌——落在地边,
在被践踏的栗子果实的尸骸上缓缓流逝。

瞧他放平身子躺下了。瞧他已经卧倒停住,
他注视着一个个枯树桩,长久地凝神不动,
而那个瞬间来临了,好似一间破旧的小屋,
在丛林中,着了火,燃烧着,迸出一道彩虹。

1915 年

难道说只能沿一条条渠道，
像一匹满身斑点的骏马，
急速、勇猛、威武地奔跑，
水渠阴沟全都不在话下？

难道说只有鸟儿在蓝色的天空
含混地唧唧喳喳没完没了地叫，
像一只弥撒坛上冰冻的柠檬，
透过一道光线的细小的管道？

往四边瞧瞧，你就会看清，
朝霞前，整日里，每个地方，
莫斯科，如同基捷日①，全身
浸入了一个浅蓝色的池塘。

为什么家家屋顶都很透亮，
全都色调清澈，一尘不染？
砖墙似一排芦苇，摇摇晃晃，
日子一个个飞去，没入昨天。

城市乌黑、稀疏、到处是泥巴，
雪地上已有许多疮痂的痕迹，

---

① 基捷日，一个传说中的城市。

二月在燃烧,像一堆棉花,
浸在酒精里呛得喘不过气。

脑袋瓜子的敏锐的洞察力
在白色火焰里受尽了磨难,
隔着鸟儿和树枝倾斜的藩篱——
空气轻飘飘、光秃秃,了无遮掩。

人群把各类人物打翻在地,
你在这些日子里名声丧尽。
就让你的女友也和他们在一起,
而你也并非是孤独一人。

昨天这里还有过空气,有过毅力,
而此刻烟花如思想般消散,化为虚无,
而此刻无论是思想、毅力或是空气,
全都出自阵风、尘埃和平常的树木。

昨天这里还有过多次竞赛和议论喧哗,
有过多次家庭的争讼和有关奢侈的哭骂,
而此刻只拿末日来比作一支丁香花,
受胸脯和鬃毛拖累的旱地上的丁香花。

1914 年

这都属于我,这都属于我,
这全都是我的倒霉坏天气——
这些树桩和小溪;铁轨的闪烁,
这些浅滩,这些潮湿的玻璃。

草原的风啊,你喷一口气,你打个鼾,
你激动地挥一挥手,再喷一口气!
这对你都算得了什么,沮丧,麻布的抱怨,
沙沙沙沙,一块块粗布正在盆里搓洗。

衣服在翻腾,一直拖到脚后跟,
一堆大块大块的布片和许多鹅群
在冲,在飞,把绳索压得向下倾,
在女工们手掌上发出哗哗的响声。

你要把悲伤也撕成一个个碎片,
撕成碎片,管它们是什么式样,
它们到处都是,那边,这边,
碎布片遮盖了一座座小小山冈。

1915 年

北方的晚霞

大地的喉头透过雪花隐隐地显现,
黑黑地显现。晚霞把胸脯高高耸起。
霞光的两眼注视着水面上的两只眼,
当它在绿宝石的怀抱中度过冬季。

河湾像壁虱般把自己塞进草原,
你刚把黄昏带着肉从泥塘的牙龈上
撕裂下来。河岸,如同一块块煤炭,
清晰地显露出来,预示着灾难将降。

太阳像条鲑鱼,光鲜地留驻在冰面。
而余晖被河中的冰块和水面的亮光
切割成碎片,像一条鳟鱼一般,
正躺卧在坦坦的地平线上。

河水吞噬霞光。小树枝相互纠合,
形成一座堤坝,聚起河流而奔驰,
树枝上还挂着一颗颗红色的野果。
从残余的果实上一滴滴浸出毒汁。

河水被毒化。河中的波浪
死一般停滞不动,浑浊不清,
而裸露的冰块上的利刃在闪光,
碰撞声也好似片片绿色的利刃。

不见人影。只闻呼哧的声响。
盲目的偶发的刀子般的声响。
在荒野,在冰块的断头台上,
歌声、心灵、欢笑、言语的天赋全都消亡。

1916 年

矮树林——从一串暴雨中伸出头去，
额上的珠宝翠玉低低地压在眉梢，
头顶上黑压压一片是蒸腾的热雾，
玻璃珠儿在枝桠间火一般燃烧，

而在这样一片毛茸茸的大枕头上，
闪闪烁烁，不住地变幻着色彩，
滚滚的瀑布势如山崩，不可阻挡，
在柳树林中隆隆然汹涌而来。

哦，如同一场浅紫色的变化闪烁，
这瀑布在五月的湿润中显出光彩！
为了能使座座山峦全都被它迷惑，
这瀑布拨开头顶的雾气探出身来。

1916 年

告　别

天空满怀厌恶地触及山岭，
秋日发出的是阵阵诅咒，
光阴，如同一条花边，随风飘走，
被荒草撕下，脱离衣襟。

乌云留驻在小山丘上，一场民族迁徙
正在进行——往那小山丘上迁徙。
光阴随风飘走，好像是大地
身上的皱边，肮脏、蹩脚、粗鄙。

草原，如同一个警察，吹着个大喇叭，
风在呼啸，它拖长音调，威风凛凛，
我却忘记了上下唇怎样配合发音，
草原啊！我是在学习使用元音说话。

瞧那边，好大的风，它没向水面吹拂，
像是在吹一盏灯，吹向小河里，
鼓起胸部，要使劲把它吹熄，
它也吹牡丹花，好像吹油蜡烛。

它不停地吹,又陷入黑暗怀里,
秋天的树叶朦胧地渐渐变凉,
悄悄地作响。又飘落在小广场上,
蜡烛从花坛上吹落,埋入污泥。

是否来不及了,在田野里,从昨天
或者,前一夜,牵牛花衰老的掌灯人,
已经把一切都烧得片纸无存,
火熄了。再见吧,过一个月。已到时间。

1915 年

第九百零九位缪斯

你出身自一个暴风雨的族类,
据说你是雷雨家庭中最小的姑娘,
你,雷鸣声中承传祖脉的女儿一辈,
你像那野麻丛中蝴蝶身上的翅膀!

世代传颂的往昔如闪电一般,
祈祷的思绪形成弥漫的浓烟,
久远的过去啊,你被过分地挖掘发现,
你的光辉已被酸蚀得锈迹斑斑!

一座座塔楼警钟长鸣,相互撞冲,
静脉血管在狂奔急驰中向上鼓起。
天空沉浸在火山的喷口之中,
正午的阳光在地道上面停息。

阳光在一个个容器上锡一般凝聚。
而,如同沙砾遇到大漠狂风①的追袭,
正午的灵性涌出的团团烟气
以它的狂乱让嘴巴气喘吁吁。

而你的话语把它们全都制服,
可是全世界的沙砾这里都有,
牙齿上咯咯作响,如同含着尘土,
令你回想起一场殊死的决斗。

1916 年

---

① 大漠狂风,原文为"西蒙风",气象学上的专名,指撒哈拉沙漠北部夏季的一种暴风。

马尔堡①

刺人的日子,刺人的言谈,
日子和言谈二者都很刺人——
啊,那么我抱歉。全是黄色窗帘。
罩衫像古希腊衣襟,又薄又轻。

七月的爱意在透花窗帘上洋溢,
窗纱向上飘起,触及天花板,
头的上方是几只手和几把座椅,
头下是一只枕头,脚放在上面。

您通常很晚起床。您只用时髦的装束,
我每天先敲您的门,再去舞蹈课室,
课室里,我的舞癖,把方块形铺地漆布
像横木②一样拖到我脚下,便展开舞姿。

您在做什么?或是出于友谊,您舞姿翩翩,

---

① 马尔堡,德国西部的一个小城市,位于莱茵河支流兰河河畔,习惯上称之为"兰河上的马尔堡"。
② 横木,指舞蹈练习场上沿墙设置的,供习舞者练习抬腿的横木。

您全身裹在花边里,我的穿晨衣的友人?
您又何必奇怪,如果您还是个男子汉——
我心里难过,够啦,要个更大的尺寸。

抻长它,可别抻断了弦,别抻得太紧,
够啦够啦,我心里难过地很,
是否有那么一颗成熟的心
在我胸中呻吟,我的穿晨衣的友人?

我是昨天出生。我这人没什么分量,
我并不看重自己,更不习惯阔步向前闯,
此刻我回忆起,我曾站立在桥头观望,
我看见很少人能看见的东西,从这座桥上。

自我保护的本能,老头儿会拍马屁,
并排走,跟着走,特别是,挨得很紧,
心中想:"他这人值得我,在这种日子里,
这种险恶的日子里,加倍给以关心。"

迈步,再迈步——本能对我反复地提醒,
还聪明地引导我,像一位饱读诗书的老人,
穿过闷热的树林、丁香花丛和满腔激情
所构成的混乱、古老、潮湿的迷宫曲径。

铺路的石板烧得滚烫,大街的额头
晒得黝黑。鹅卵石皱着眉头仰望苍天。
风像个船夫一般,在椴树梢上巡游。

它把阵阵尘土和碎石纷纷撒向人间。

灶台的铁板颜色好似紫铜，
公园里灌木林薮一片黑压压，
只有小虫儿飞向太阳，飞出树丛，
像熟睡人手上的表，滴滴答答。

噢，那一天，大地魔鬼般注目张望，
从草地和树丛之中，把暴风雨吞掉，
而天空被封死，血一般红，触及那目光，
那山金花般沉重凝黄的目光，便被烧焦。

那一天，我带上整个的你，从头到脚，
我像个悲剧作家，把莎翁的悲剧剧本
随身带上，背得烂熟，一个字也不漏掉，
我到处游荡，到处上演，走遍全城。

白天的太阳让我觉得累赘而讨厌，
它像块脂肪在锡制的盘子里变冷，
而夜晚黄莺的歌声充满整个房间，
于是我的屋子变成一架风鸣竖琴。

时钟在墙壁上慌张地滴答作响，
钟摆跨马登鞍疾步向前飞奔，
花园里——你嘴唇发白，放眼张望——
一个石质的文物从地面上脱开了身。

那件文物——是一株白杨,这株白杨
是个石质的客人:月亮处处有,完整无缺失。
而在屋子里将会有好一堆白骨出场,
白杨树的遗骸,和其他的许多化石。

大雾到处都铺开它的被褥,
整月不停地塞进每间屋里。
来客们把一间下房让给我住,
再给我长长的走廊和黑黑的楼梯。

黑黑的楼梯上很容易赤着双脚
完成这一段极其美妙的浏览。
只是屋子已被黑白两色的恐惧融化掉
——那是遍地的青草和金莲花瓣。

他们手持蜡烛来完成这次浏览,
让紫罗兰和番红花的眼睛可以看见,
当梦呓者紧闭眼帘。这里正是关键
——表明了这是一场瞎眼的戏法。

我害怕什么呢?我比一位语法学家
更清楚知道什么是失眠。而我不会
像个赤脚梦游者艰难地往光石板上踏,
在那象牙雕成的椴树和白桦林内。

要知道,夜晚每天都和我对坐弈棋,
我们对坐在月光照耀的嵌花地板上。

而激情,这时作为旁观者,隐现在屋角里。
窗户全都敞开着,金合欢阵阵飘香。

白杨树——是皇帝。皇后——是失眠。
而棋后——则是夜莺。我把手伸向夜莺。
于是夜晚获胜,一个个身影闪向旁边,
我便面对面地认出了一个白色的清晨。

1916 年

旋转木马游乐场

椴树的树叶簌簌作响,
一个美好的夏日降临。
夏天的早晨让你起床,
不管谁都难以听命。

夹肉面包、苹果、大圆面包,
塞了满满的一大口袋,
只需要报一声你哪个站到,
顷刻间电车就动了起来。

一大伙人来到了游乐场门前,
换乘上另一种园内车辆。
从远方隐隐地你可以看见
河岸上旋转木马发出的白光。

绿草地上,长得比腰还高,
菟丝子草散发出芳香。
他们每一个人,大大小小,
全都倒栽着滚下山冈。

山谷那边，一个小小的广场，
旗帜飘扬，孩子们正在玩耍，
并不见有尘土四处飞扬，
跳跃着一只只小小的木马。

长长的尾巴，黑黑的马鬃，
长毛从额头上、脊背上、尾巴上
高高地耸起，直指天空，
又忽然从高处直往下降。

木马一圈比一圈缓慢、缓慢、
缓慢、缓慢、缓慢，停住。
这些旋风有个大圆顶遮掩，
圆顶中央——一根大的立柱。

条形的围栏向两边撑开，
旋转木马被压得向下曲弯，
重量拖累得木马慢了下来，
帆布顶篷也被抻得很宽。

很像是出自旋工手下的车床，
孩子们的脚一次次踢踹不停，
木马儿发出喀喀喀的声响，
那声音比槌球的撞击好听。

旋转木马身后，小广场上面，
挤满了嗑着葵瓜子的人群。

一个男人立在手摇风琴旁边,
挂小铃铛的尖尖帽扣在头顶。

他身子在抖,像个浴室里的喷头,
他叮当响的小饰物上的流苏在抖,
他手上的那个打鼓的锤子在抖,
一只小手在抖,一只瘸腿也在抖。

他开始伸手拉扯他身上的勋标①,
用他的脚踝发出砰砰的声音,
他由于过分开心,一跤跌倒,
身上的铜饰摇摆着,人们笑得要命。

他像匹拉边套的役马一样,
弓起腰来,三只马轭套在肩,
他拍手,搓手指发出响声,
他犹豫不决,踯躅不前。

把马的鬃毛、马鬃、镶花边的马鞍,
全都向一个没有结束的日子投入,
所有的马儿,身上狗牙花纹的镶边,
和旋转马车的车身,全都陷了进去。

在欢乐中如痴如醉的人潮,
迎着旋转木马快步地飞奔,

---

① 勋标,勋章上部的彩色绶带。

他们伸出双手激动地拥抱
右边的池塘,左边的丛林。

从十字街口通向这些条形的围栏,
有一处急转弯,相当地险峻,
孩子们好开心,大家相聚,一同旋转,
右边是池塘,左边是丛林。

走散了——再重新回来,
跑开了——又来到身旁,
不断地走散,不断地跑开,
左边是丛林,右边是池塘。

这些旋风有个大屋顶遮掩,
屋顶中央——一根大的立柱,
一圈比一圈缓慢、缓慢、
缓慢、缓慢、缓慢,停住!

1925 年

动物园

动物园坐落在一个大公园里。
我们把免费的门票送来给你。
售票处旁边站立着几个守卫,
入口的拱门被他们团团包围。
而人造石洞的园门就在这边,
从转弯的地方你就可以看见。
向那堆垒的石灰岩后边张望,
一池清水正迎风闪烁着银光。

一种特别的难以捉摸的寒颤,
把池水彻头彻尾整个地感染。
远处美洲雄狮在大声地吼叫,
吼声和嘈杂的喧哗掺在一道。
雄狮的吼叫声在公园中传开,
把天空叫得忽然间热了起来。
但是这座养动物的巨大花园,
里面连一片云朵儿也看不见。
他们好像是友好的邻居一般,
黑熊们和孩子们在互相交谈,
石板墙上响亮的回声遮盖住

黑熊光脚丫踩出的蹄声笃笃。

在砌瓷砖的台阶上奔走不歇，
大白熊贴身一张皮，跑下台阶，
它们一共三只，三只结队成行，
跳进了它们家族专用的池塘。
它们就在水中嗥叫、拍水、洗澡。
四条腿全泡在水里，淹没了腰，
而尽管它们在洗它们的衣衫，
毛茸茸的肥腿一点水也不沾。

狐狸在它排泄粪便之前先要
把地上闻闻，瞪着眼四处瞧瞧。
大灰狼的嘎吱嘎吱的咬牙声，
很像铁锁发出的咔嚓的声音。
它们因为贪吃，个个身体强壮，
两只眼睛里充满冷漠的火光——
母狼也会大发脾气，每当人们
拿它狼崽子的丑样来寻开心。

母狮在笼子里奔走，一刻不停，
好像它在丈量那地板的尺寸，
只见它转一个圈，再转一个圈，
来来回回地走着，退后又向前，
鼻子尖碰上了笼子上的铁棒，
便转回身去，像绳子牵着一样；
铁栏杆不停地移动，在它身后，

来来回回地,好像在水中漂流。

套着绳索的雪豹跟母狮一样,
在铁丝网的闪闪烁烁中奔忙,
同样的木栏杆,斑豹关在里面,
而它却让栏杆逼得发疯一般,
羊驼走过来了,它蹲坐在地上,
姿态比一位贵夫人还要优雅,
一副轻蔑神气,忽然一时怒起,
嘴巴里发出吧嗒吧嗒的声息。
沙漠之舟忧郁地用眼睛望望
这声尊贵而并不惊人的爆响——
"不可对长者无礼,这非常愚蠢,"——
骆驼在通情达理地暗自思忖。
人们走过它身下,如阵阵海浪。
它高高抬起自己拱出的胸膛,
像一只划桨行进的小小木船,
航行在茫茫人海的浪潮中间。

像一件女人们穿的无袖外衣,
珠鸡和野雉的笼子色彩艳丽。
这儿散落着片片雪白的银箔,
白银和钢铁的颜色闪闪烁烁。
这儿,在热油烟一般的色彩里,
在深蓝色纱线织成的头巾里,
孔雀的神气像黑夜,高深无底,
来来回回地移步,走东又走西。

瞧，它在鸽子笼后面不知去向，
瞧，它走出来了，尾巴密不透光，
比夜晚的天空还要广阔无垠，
上面点缀着喷落而下的星星。

红鹦鹉把它的浴盆推向一边，
挑剔地把食物稍稍尝了一点，
厌恶地把它的尖嘴清理一下，
用它的爪子把鸟笼轻轻抠挖。
养在动物园里的那些白鹦鹉，
它们的舌头都变得又黑又粗，
好像是一粒粒的咖啡豆一般，
只因为那舌头原本尖而又尖。
它们的丁香颜色从波斯带来，
以这种羽毛和其他鸟类比赛。
有人会觉得，与其在鸟舍争光，
还不如变朵花去温室里开放。

可是你瞧呀，这才是动物园里
人人宠爱的那只红屁股东西，
狒狒一声不响，好像神经失常，
成天一副咧嘴大笑的怪模样。
时而它哀求施舍，真令人讨厌，
做得真像它是一只猢狲一般，
时而它把个小拳头扭上扭下，
吃力地抓挠它的腮帮和面颊，
时而绕圈子奔跑，像只卷毛犬，

时而它表现得英勇而且剽悍,
它会一跃而起,飞上一片悬崖,
倒挂在树枝上,像个体操专家。

一只大瓦盆,盆边沿又重又厚,
里面的鸡肠煮鱼汤正在发臭。
人家告诉我们,这是一盆烂泥,
而一条尼罗鳄就在烂泥堆里。
它可不是个什么小小的东西,
它可能有点儿倒霉,命运不济。
它自己也明白它的遭遇不佳,
还是一条未成年的爬虫娃娃。

我们在路上,走过一个人身边,
又紧挨着走到另一个人跟前
我们向前走,迎面墙上的木板
写着这样几个字:"通往大象园。"
好像一辆大车停在干草场里,
那儿站着一个昏睡的大东西。
长长的大牙一直伸到天花板,
一束草料挂在墙壁砌块上面。
一阵糠秕的旋风从地上扬起,
那个庞然大物转动它的身体,
几乎把房梁、干草、墙上的砌块
和整个的场地全都向后挪开。

钢圈沉重地套住它一只脚掌,
链条粼粼有声,长鼻子在摇晃,
它在石板地上走动,非常悠闲,
还在高高的空中描画着圆圈。
有个什么东西在泥地上铲刹:
要不就是它两只破裂的耳朵,
像两片蒙在马车外面的皮套,
要不就是一堆田野里的干草。

到回家时间啦。多么大的遗憾!
有多少稀罕东西还没有看见!
我们看了才仅仅是三分之一。
要想一回都看完也不切实际。
最后再倾听一次电车的轰鸣
怎样掺合进那些苍鹰的啼鸣,
最后再倾听一次电车的喧闹
怎样掺合进了美洲狮的吼叫。

1925 年

图书在版编目(CIP)数据

帕斯捷尔纳克诗选/(俄罗斯)帕斯捷尔纳克著;王智量译.
—上海:华东师范大学出版社,2015.12
(智量译文选)
ISBN 978-7-5675-4374-4

Ⅰ.①帕… Ⅱ.①帕…②王… Ⅲ.①诗集-俄罗斯-现代
Ⅳ.①I512.25

中国版本图书馆 CIP 数据核字(2015)第 289242 号

智量译文选

帕斯捷尔纳克诗选

著　　者	(俄)帕斯捷尔纳克
译　　者	智　量
项目编辑	陈　斌　许　静
审读编辑	庞　坚
责任校对	王丽平
装帧设计	姚　荣
版式设计	卢晓红

出版发行	华东师范大学出版社
社　　址	上海市中山北路 3663 号　邮编 200062
网　　址	www.ecnupress.com.cn
电　　话	021-60821666　行政传真 021-62572105
客服电话	021-62865537　门市(邮购)电话 021-62869887
地　　址	上海市中山北路 3663 号华东师范大学校内先锋路口
网　　店	http://hdsdcbs.tmall.com

印 刷 者	上海中华商务联合印刷有限公司
开　　本	890×1240　32 开
印　　张	3.875
字　　数	167 千字
版　　次	2016 年 5 月第 1 版
印　　次	2016 年 5 月第 1 次
书　　号	ISBN 978-7-5675-4374-4/I·1465
定　　价	28.00 元

出 版 人　王　焰

(如发现本版图书有印订质量问题,请寄回本社客服中心调换或电话 021-62865537 联系)